实用外语口语 100 句系列　主编 柴明颎 谢天振

实用日语100句

沈宇澄 编著

实用日本語 100

U0105694

世界图书出版公司

上海·西安·北京·广州

图书在版编目(CIP)数据

实用日语 100 句 / 沈宇澄编著. —上海：
上海世界图书出版公司，2005.10
（实用外语口语 100 句系列 柴明颎，谢天
振主编）
ISBN 7－5062－7070－6

I. 实... II. 沈... III. 日语—口语
IV. H369.9

中国版本图书馆 CIP 数据核字（2005）第
044985 号

责任编辑 庄彩云
封面设计 陈 楠
绘 图 周颖 彭亮

实用日语 100 句
沈宇澄 编著

上海世界图书出版公司 出版发行
上海市尚文路 185 号 B 楼
邮政编码 200010
上海景皇文化发展有限公司排版
上海竞成印务有限公司印刷
如发现印刷质量问题，请与印刷厂联系
（质检科电话：55391771）
各地新华书店经销

开本：787×960 1/32 印张：4.5 字数：80 000
2005 年 10 月第 1 版 2005 年 10 月第 1 次印刷
印数：1－10000
ISBN 7－5062－7070－6/H・529
定价：12.00 元
http://www.wpcsh.com.cn

前　言

　　随着国内外形势的发展，我们的读者不仅对英语，对其他语种的学习也呈现出多种不同的需求。现在，几乎每天都有成千上万的来自世界各地的友人来我们国家开会、经商、旅游，同时也有相当数量的中国百姓走出国门，到世界各地去出差、访问、观光。即将到来的 2008 年北京奥运会和 2010 年上海世界博览会，更是我们国家两次规模空前的国际交流盛会。这样，编写一套内容简洁、容易上口、既能满足走出国门的中国读者的需要、又能为不谙中文的外籍人士提供方便的外语口语丛书，显然有其现实意义。

　　我们这套丛书系列总共 10 本，包括英、俄、德、法、日、西、意、葡、韩、阿 10 个语种。每本书都由两个部分组成，第一部分是最基本、最常用的日常用语约 100 句；第二部分是 15 个基本情景会话，从平时的寒暄语到入住宾馆、观看影剧、体育运动和开会。情景对话之后有相关的文化背景的介绍，为方便中外读者的使用，中文介绍为国外的情况，而外文介绍的是中国国内的情况。每个情景对话的重要句子旁边还配有可直接在句子中代替使用的替换词，使读者举一反三，尽可能多地记牢并用活句型，方便读者出国旅游或外国友人来华时使用。真可谓是：

　　一册在手　　胜似翻译随身走
　　一套在手　　走遍世界好开口

目 录

目 录

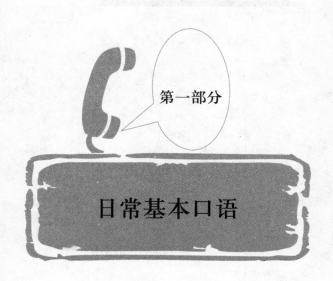

第一部分

日常基本口语

第一部分　日常基本口语

2 ★ 你好
こんにちは。
晚上好
こんばんは。

9 ★ 健康证明
健康証明書(け
んこうしょう
めいしょ)

1 你好!

2 <u>早上好!</u>

3 很高兴见到你。

4 我的名字叫田中。

5 谢谢!

6 不用谢。

7 再见!

8 对不起!

9 这是我的<u>护照</u>。

10 我从日本来。

1 今日は。

2 おはようございます。

3 お目にかかれて大変嬉しいです。

4 わたくしは田中と申します。

5 ありがとうございます。

6 どういたしまして。

7 さようなら。

8 すみません。

9 これはわたしのパスポートです。

10 わたしは日本から参りました。

11 我的航班号是 3541。

12 还有其他事情吗?

13 这样可以了吗?

14 行李在哪儿取?

15 这需要上税。

16 请问到白玉兰宾馆怎么走?

17 请问最近的地铁站在哪里?

18 顺着这条路一直往前走就到了。

19 请问在哪里订机票?

20 到十字路口向<u>右</u>拐弯。

21 可以预订一张去北京的<u>来回</u>票吗?

11 わたしのフライトナンバーは3541便です。

12 ほかに何かご用がありますか。

13 これでよろしいでしょうか。

14 荷物はどこで受けとれますか。

15 これは課税されます。

16 お伺いしますが、白玉蘭ホテルへはどういけばいいですか。

17 お伺いしますが、最寄りの地下鉄の乗り場はどこですか?

18 この道をまっすぐ行けばいいです。

19 すみません。航空券の予約はどこでしますか。

20 十字路まで行って、そこを右へ曲がってください。

21 ペキンまでの往復券を一枚予約できますか。

22　机票有优惠价吗?

23　我想要 3541 航班的机票,有吗?

24　能帮我要一辆出租车吗?

25　我要到南京路去。请快一点。

26　要多少钱?

27　我要一间双人房间。

28　我要住 7 夜。

29　你们的房价包括早餐吗?

30　请把我的行李送到 101 号房间。

31　我在房间里可打国际长途吗?

32　我可以在房间里上网吗?

22 航空券は割り引きがありますか。

23 3541 *便のチケット* がほしいんですが、ありますか。

24 すみませんが、タクシーを一台呼んでください。

25 南京路へ行きたいのですが、急いでください。

26 料金はいくらですか。

27 ツインルームを一部屋お願いします。

28 わたしは 7 泊する予定です。

29 部屋代に朝食代が入っていますか。

30 わたしの荷物を 101 号室へ持っていってください。

31 部屋で国際電話はかけられますか。

32 部屋でインターネットに接続できますか。

33 ★ 美元 アメリ カドル 欧元 ユーロ ダラー 日元 円(え ん)	**33**	请问在哪里兑换人民币?
	34	请把这些欧元换成人民币,谢 谢。
	35	我在这里可以用信用卡支付 吗?
	36	请问哪里卖邮票?
37 ★ 信 手紙(てがみ)	**37**	请问哪里可以寄包裹?
	38	请问这里有空位吗?
	39	请介绍一下这里的特色菜。
40 ★ 少 少なめに	**40**	请多放点辣椒。
	41	你们这里有什么点心?
	42	每份菜的量有多少?

33 お伺いしますが、どこで人民元に両替できますか。

34 これらのユーロダラーを人民元に両替してください。

35 ここでクレジットカードで支払うことができますか。

36 すみません。切手はどこで売っていますか。

37 すみません。小包はどこで取り扱っていますか。

38 すみません。空いている席はありませんか。

39 こちらの自慢料理はなんですか。

40 唐がらしは多めにしてください。

41 こちらではデザートはどういうものがありますか。

42 一つの料理の量はどれぐらいですか。

44 ★ 咖啡
コーヒー
糖 シュガー
奶 ミルク

51 ★ 最低 最低(さ
いてい)

43　我要葡萄酒。

44　小姐，请来一杯水，加冰块。

45　请给我们结账，给我们一张
发票。

46　请问什么时候发车?

47　到景点需要多长时间?

48　我们今天去参观东方明珠电
视塔吗?

49　请问门票要多少钱?

50　今天天气如何? 会下雨吗?

51　最高气温是多少?

52　通常这里这个季节的平均气
温是多少?

53　哪里有卖地图的?

43 葡萄酒をもらいましょう。

44 すみません。水を一杯ください。
氷を入れてください。

45 すみません。お勘定をお願いします。領収証もお願いします。

46 この車はいつ発車しますか。

47 観光地までどれぐらいの時間がかかりますか。

48 きょう、わたしたちはオリエントパールを見物しますか。

49 すみません。入園料はいくらですか。

50 きょうの天気はどうですか。雨が降るでしょうか。

51 最高気温は何度ですか。

52 ここでは今の季節の平均気温は普通どのぐらいですか。

53 地図はどこで売っていますか。

54 请问有<u>导游图</u>卖吗？

55 请问这里的特色纪念品是什么？

56 我可以看一看这个东西吗？

57 我们几点集合呀？

58 请问附近有厕所吗？ 在哪里？

59 我可以试穿一下吗？

60 您穿着很合适。

61 请问在哪里付钱？

62 请问最近有什么精彩的演出？

63 我想看<u>话剧</u>，能买到票吗？

64 请问在哪里挂号？

54 案内図は売っていますか。

55 ここの特別記念品はなんですか。

56 これをちょっと見せてください。

57 集合時間は何時ですか。

58 この近くにトイレがありますか。どこですか。

59 ちょっと試着してもよろしいですか。

60 とても お似合いです。

61 お金はどこで支払いますか。

62 近頃、何かすばらしい出し物はありませんか。

63 新劇を見たいのですが、切符は手に入りますか。

64 すみません。受付はどこですか。

65　请问<u>发热</u>应该看什么科？

66　请问哪里<u>取药</u>？

67　请问这药是饭前服还是饭后服？

68　你有今晚中韩篮球赛的球票吗？

69　请问今天的<u>篮球赛</u>什么时候开始？

70　请问3号门在哪里？

71　请问这里是A区、10排、30座吗？

72　你觉得哪一个队会赢？

73　今天会有人打破世界纪录吗？

74　好球！（篮球用语）

65 熱はどの科で見てもらいますか。

66 すみません。薬局はどこですか。

67 すみません。このお薬は食前にのむのですか。それとも食後にのむのですか。

68 あなたは今晩の中韓バスケットボール試合のチケットを持っていますか。

69 今日のバスケットボール試合は何時からですか。

70 お伺いしますが、3号門(ゲート)はどこですか。

71 あのー、ここはA区の10列の30番ですか。

72 どのチームが勝つと思いますか。

73 きょうは世界新記録が出るでしょうか。

74 ナイスシュート!

75 加油!

76 今天来看比赛的人真多啊!

77 穿5号球衣的运动员是著名<u>前锋</u>李明吗?

78 今天的主裁判是谁?

79 请问<u>上海博物馆</u>什么时候<u>开门</u>?

80 这次<u>世博会</u>有多少国家参加?

81 请问从我们这个旅馆到世博会展馆有定点班车吗?

82 我可以在这儿照相吗?

83 请问您是负责这个展台的吗?

84 请给我一份有关这个<u>展品</u>的资料,好吗?

75 がんばれ！

76 きょう試合を見に来る人が多いで
すね。

77 ユニホーム背番号5番の選手は有
名なフォワードの李明さんです
か。

78 きょうの主審はだれですか。

79 お伺いしますが、上海博物館は何
時に開館しますか。

80 今回の万国博覧会に参加する国は
何カ国ですか。

81 このホテルから万国博覧会の展覧
館まで定期バスがありますか。

82 ここで写真を撮ってもよろしいで
しょうか。

83 お伺いしますが，お宅はこの展示
コーナーの責任者ですか。

84 ここの展示品に関する資料を一部
いただけませんか。

85 我能够得到一份样品吗?

86 请问你这个产品什么时候能上市?

87 它的预期市场价格是多少?

88 请告诉我你们的联系方法, 好吗?

89 请问参加会议在哪儿报到?

90 我的发言稿交到哪儿? 是交给会务组吗?

91 今天的会议由谁主持?

92 今天的会议有哪几位发言?

93 今天会议的主题报告由谁来做?

94 今天会有哪些人来参加会议?

85 サンプルをいただけませんか。

86 この製品はいつごろ出回りますか。

87 市場の見積り価格はいくらですか。

88 連絡の仕方を教えてくださいませんか。

89 ちょっとすみません。会議の受け付けはどこですか。

90 わたしのスピーチの原稿はどこに出せばよろしいですか。会議実行委員会の事務室ですか。

91 きょうの会議の司会者はどなたですか。

92 きょうの会議ではどなたが発表されますか。

93 きょうの会議のテーマ報告者はどなたですか。

94 きょうの会議にどういう方々が参加されますか。

95 有没有翻译服务？哪里取耳机？

96 今天讨论什么问题？是否需要表决？

97 我同意。

98 我可以提个问题吗？

99 我能用日语发言吗？

100 请问，您的姓名该怎么读？

95 通訳などのサービスがあります
か。イヤホンはどこにあります
か。

96 きょうは何について討論します
か。表決はしますか。

97 わたしは賛成です。

98 一つ質問してもよろしいですか。

99 わたしは日本語で発表してもよ
ろしいですか。

100 おそれいりますが、お名前はな
んとお読みしたらよろしいでしょ
うか。

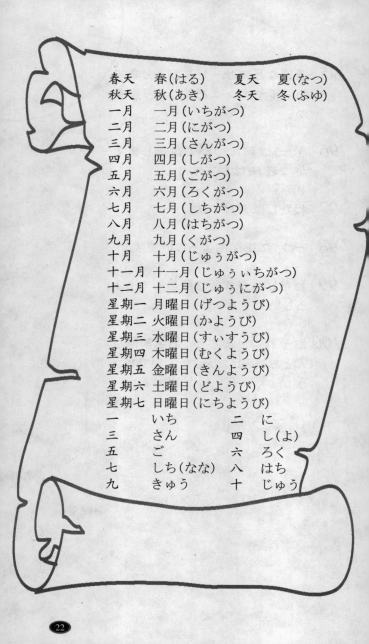

| 春天 | 春(はる) | 夏天 | 夏(なつ) |
| 秋天 | 秋(あき) | 冬天 | 冬(ふゆ) |

一月	一月(いちがつ)
二月	二月(にがつ)
三月	三月(さんがつ)
四月	四月(しがつ)
五月	五月(ごがつ)
六月	六月(ろくがつ)
七月	七月(しちがつ)
八月	八月(はちがつ)
九月	九月(くがつ)
十月	十月(じゅうがつ)
十一月	十一月(じゅういちがつ)
十二月	十二月(じゅうにがつ)
星期一	月曜日(げつようび)
星期二	火曜日(かようび)
星期三	水曜日(すいすうび)
星期四	木曜日(むくようび)
星期五	金曜日(きんようび)
星期六	土曜日(どようび)
星期七	日曜日(にちようび)

一	いち	二	に
三	さん	四	し(よ)
五	ご	六	ろく
七	しち(なな)	八	はち
九	きゅう	十	じゅう

22

第二部分

基本情景会话

寒暄

挨拶

1. 寒暄　挨拶

★ 早上好！
おはようございます。
你好！
こんにちは。
晚上好！
こんばんは。

► 甲：<u>你好！</u>
► 乙：你好！

► 甲：很高兴见到你。
► 乙：我也是。

★ 美国　アメリカ
澳大利亚
オーストラリア
新加坡
シンガポール
中国
中国（ちゅうごく）

► 甲：我叫田中，从<u>日本</u>来。
► 乙：欢迎你到中国来。

► 甲：<u>谢谢！</u>
► 乙：你以前来过中国吗？

★ 太感谢了！
ほんとうにありがとうございます！

► 甲：我是第一次到中国来。
► 乙：祝你在中国过得愉快。

► 甲：谢谢！再见！
► 乙：再见！

A: こんにちは。 ◀

B: こんにちは。 ◀

A: お目にかかれて、大変嬉し ◀
　 いです。

B: わたしも嬉しいです。 ◀

A: 田中です。日本から参りま ◀
　 した。

B: 中国へようこそいらっしゃい ◀
　 ました。

A: ありがとうございます。 ◀

B: 前に中国にいらっしゃったこ ◀
　 とがありますか。

A: 中国へははじめてです。 ◀

B: 中国で楽しく過ごされますように。◀

A: ありがとうございます。で ◀
　 は、これで失礼します。

B: さようなら。 ◀

文化背景

　　日本是一个礼仪之国，人际往来，包括家庭成员之间，都比较讲究相应的礼仪。因此，日语中寒暄语较多，使用寒暄语时要有相应的动作和表情。在日常生活中打招呼时，一般以点头和哈腰最为常见，习惯上不采取握手、拥抱等方式。

　　日本人常把天气冷暖的话题作为寒暄语。例如，天气好的日子，熟人相遇时往往说"いいお天気ですね"（今天天气真好），下雨天时往往说"よく降りますね"（近来老是下雨啊）。

　　在日本，初次见面时常交换名片，在递交名片时要注意将名片的正面朝着对方，并将自己的姓名告诉对方，在接受对方名片时要用双手。在向朋友作介绍时，一般先把男性介绍给女性，把下辈介绍给长辈，把自己熟悉的一方介绍给对方。

　　日本人的姓名一般姓在前名在后，姓使用父姓。妇女结婚后一般改姓夫姓，但当今日本社会里部分妇女依然保持原姓，以示独立。

　　在称呼方面，中日两国有所不同，在中国对中年以上的人一般称呼"叔叔"、"阿姨"等，而日本人最常用的礼貌称呼是在对方姓名后加"様"（さん），不论对方年龄、性别均可使用，但对地位高于自己的人，则应以对方的职务来称呼，例如"田中部长"、"山本社长"。对已婚女子多称"奥さん"。"先生"这一称呼在日本一般用于医生、教师、文化人等有一定社会地位的人。

　　公式の場面において、中国人は人と顔を合わせた時、"您好"（こんにちは）とあいさつし、わかれる時、"再见"（さようなら）と言いますが、日常生活の場合においては、一般的に場面によるあいさつことばが用いられます。たとえば、外出する人に会った時は、"您上街去啊？"（お出かけですか）とあいさつをし、また、食事をすませて食堂から出てきた知り合いの人と顔を合わせた時は、"饭吃好了？"（お食事は済みましたか）と声をかけるのです。このように、相手が外出すること、または食事がすんだことを知っていながらもそれをきくということは、相手に対する一種の挨拶言葉としてみなされているからでしょう。

　　中国人の姓名はわりに簡単で、王明、李月芳のように普通二文字か三文字からなっています。しかし、親しい友達や同僚の間で呼びかける場合は、姓を省いて名だけで呼ぶのが普通です。たとえば李月芳さんに向かって、"月芳"（月芳さん）と呼び、初対面か見知らぬ人の場合は、"李小姐"（李さん）のようにその人の姓で呼びます。

单 词 本

你好	こんにちは
见到您	お目（め）にかかる
很	大変（たいへん）
高兴的	嬉（うれ）しい
名字	名前（なまえ）
日本	日本（にほん）
来，去	参（まい）る（自謙）、いらっしゃる（尊敬）
欢迎您	よくいらっしゃいました
中国	中国（ちゅうごく）
曾……过	……たことがあります
第一次	はじめて
过	過（すご）す
愉快	楽（たの）しい
告辞	失礼（しつれい）する
再见	さようなら

第二部分　基本情景会话

2. 海关入境　税関の入国手続き

★ 入境许可证
　入国カード

▶ 甲：请出示您的<u>护照</u>和健康证明。

▶ 乙：这是我的护照和健康证明。

▶ 甲：你是乘坐３５７航班来的吗？

▶ 乙：不，我的航班号是457。

▶ 甲：你是来参加世博会的吗？

▶ 乙：是的。

▶ 甲：欢迎你到上海来。

▶ 乙：谢谢！我可以走了吗？

▶ 甲：可以，请！

▶ 乙：再见！

▶ 甲：再见！

A: パスポートと健康証明書を見せてください。 ◀

B: はい、これがわたしのパスポートと健康証明書です。 ◀

A: 357便で来られたのですか。 ◀

B: いいえ、わたしのフライトナンバーは457便です。 ◀

A: 万国博覧会に参加するために来られたのですか。 ◀

B: はい、そうです。 ◀

A: 上海へようこそいらっしゃいました。 ◀

B: ありがとうございます。これでよろしいですね。 ◀

A: はい、結構です。どうぞ。 ◀

B: では、さようなら。 ◀

A: さようなら。 ◀

文化背景

    在机场，出境手续一般在飞机起飞前一个半小时开始办理。海关先要对交付托运的行李进行安全检查。应注意把刀具等金属类物品放入托运的行李内，千万别随身携带。检查完毕后行李过秤，各国航班对于免费行李的重量均有限定，超重部分需付费。凭护照、机票办理登机手续、领取登机牌。进入候机室前，需填写出境卡，并接受随身行李及全身的安全检查。

    入境时，需出示护照、入境卡、防疫证明，填写海关申报单，一般按规定每人可免税携带两瓶酒、两条香烟。

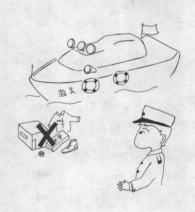

背景知識

　　中国に入国する時、パスポートと健康証明書を税関の係員に見せます。入国手続の時、係員から入国の理由などについて聞かれることがあります。なお、海外の旅客の安全のために、荷物の検査を受けることもあります。

　　入国する前に携帯品申告書の記入が必要とされ、申告の品物にタバコ、酒、カメラなどの持ち込み制限のあるものがあれば、必ずご記入ください。携帯品の持ち込み制限は、酒は二本で、タバコは二カートンとなっています。衣類や身の回り品は課税無用です。

单　词　本

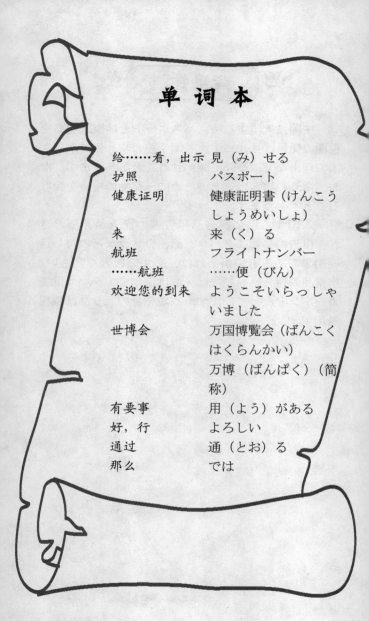

给……看，出示	見（み）せる
护照	パスポート
健康证明	健康証明書（けんこう しょうめいしょ）
来	来（く）る
航班	フライトナンバー
……航班	……便（びん）
欢迎您的到来	ようこそいらっしゃ いました
世博会	万国博覧会（ばんこく はくらんかい） 万博（ばんぱく）（简 称）
有要事	用（よう）がある
好，行	よろしい
通过	通（とお）る
那么	では

问路

道を尋ねる

3

► 甲：请问，到和平饭店怎么走？

► 乙：和平饭店在外滩，你可以坐地铁去。

★ 公共汽车　バス
　 出租车　タクシー

► 甲：最近的地铁站在哪里？

► 乙：往前走，到十字路口向右拐弯，就有二号线地铁站，坐地铁二号线到河南路站下。

★ 左 左（ひだり）

► 甲：出站后再怎么走呢？

► 乙：顺着南京路一直往前走就到了。

► 甲：谢谢！

► 乙：别客气！

A: お伺いしますが，和平飯店
へはどう行けばいいですか。

B: 和平飯店は外灘にあります。
*地下鉄*で行けます。

A: もよりの地下鉄乗り場はどこ
ですか。

B: この道をまっすぐ行くと十字
路に出ます。そこを*右*の方へ
曲がると、地下鉄二号線の駅
があります。それに乗って，
河南路駅で降りればいいです。

A: 駅を出たらどう行けばいいで
すか。

B: 南京路をまっすぐ行けばいい
です。

A: どうも　ありがとうございま
した。

B: どういたしまして。

文化背景

初到日本，人地生疏，外出时往往会迷路，这时可以向行人或警察询问。在日本的马路拐角处常可见到写有"派出所（はしゅつじょ）"的警察值班亭。问路或报警均可找派出所，那里的工作人员都会热情地为你指点。日本人指路往往以电话亭、交叉口、加油站、银行大楼等建筑为指点的标志。

外出时，为了防备发生意外情况或者迷路等所造成的困难，要随身带上自己的护照、住址和联系人的电话号码。

　　中国では道路と交通事情が複雑なので、はじめて中国を訪れる者の中には道が分からなくて、迷うことがよくあります。そういう時は、地元の人の助けを求めなくてはなりません。ですから道の聞き方を覚えることは大切です。道をたずねる時、よく"対不起，打扰一下。"（すみません、ちょっと教えていただきたいんですが）とか、"劳驾"、"抱歉"（失礼ですが、ちょっとお伺いしますが）とかいう言葉を使います。また、次のような言い方もよく用いられる。

　　"请问到……怎么走?"（お伺いしますが、……へはどう行けばいいですか。）

　　"走路去大概要多少时间? "（歩いて行けばどれぐらいかかりますか。）

　　"到……去乘几路公共汽车? "（……に行くには何番のバスに乗ればいいですか。）

　　"向右拐还是向左拐? "（右へ曲がりますか、それとも左へ曲がりますか。）

单词本

劳驾，打扰一下	すみません、ちょっとお伺 (うかが) いします
和平饭店	和平飯店 (わへいはんてん)
请问到……怎么走?	～へはどう行 (い) けばいい ですか
地铁站	地下鉄乗り場 (ちかてつの りば)
最近的	最寄 (もより)
这里	ここ
笔直	まっすぐ
去	行 (い) く
十字路口	十字路 (じゅうじろ)
出	出 (で) る
那里	そこ
拐弯	曲 (まが) る
左	左 (ひだり)
右	右 (みぎ)
向右拐	右 (みぎ) へ曲がる
车站	駅 (えき)
谢谢	ありがとうございます
别客气	どういたしまして

チケット売り場

第二部分 基本情景会话

4. 订票 チケットの予約

► 甲：（在宾馆大堂商务中心）请问在哪里订机票？

► 乙：你可以在这里订，也可以通过电话订。

★ 单程票
片道切符(かたみちきっぷ)

► 甲：我想预订一张去北京的往返票。

► 乙：可以。你要什么时候的？

★ 星期一 月曜日(げつようび)
星期二 火曜日(かようび)
星期三 水曜日(すいようび)
星期四 木曜日(もくようび)
星期五 金曜日(きんようび)
星期六 土曜日(どようび)
星期日 日曜日(にちようび)

► 甲：我想要星期五247航班的机票，有吗？

► 乙：请稍等，有的。你要几张？

► 甲：两张。机票有优惠价吗？

► 乙：有，八五折。要吗？

A: （ホテルのフロントで）すみま
せん。航空券の予約はどこで
しますか。

B: ここでもよろしいし、電話
で予約してもよろしいです。

A: 北京までの*往復券*を1枚予約
できますか。

B: はい、いつのがよろしいで
すか。

A: *金曜日*の247便のチケットが
ほしいんですが、あります
か。

B: 少少お待ちください。は
い、あります。何枚ですか。

A: 二枚ください。航空券は割
引がありますか。

B: はい、あります。15パー
セントの割引となっておりま
すが。ご入り用ですか。

4.订票　チケットの予約

► 甲：要的。

► 乙：请把您的护照给我。

► 甲：这是机票费。

► 乙：这是您的机票和护照。请
　　拿好，谢谢！

► 甲：谢谢！

A: はい、お願いします。 ◀

B: パスポートを見せてくださ ◀
　　い。

A: はい、これでお願いしま ◀
　　す。

B: チケットとパスポートです。 ◀
　　どうぞ大事にしまっておいて
　　ください。

A: ありがとうございました。 ◀

文化背景

　　日本的旅馆种类很多，有一流的豪华旅馆，如东京、大阪的"帝国饭店"（ていこくホテル）、"新大谷饭店"（ニューオオタニホテル）、"大仓饭店"（おおくらホテル）等。也有经济实惠的商业旅馆（ビジネスホテル）。一般因公出差者往往选择商业旅馆，而私人外出旅游时一般住日本式旅馆。住宿期间如果使用市内的电话、饮用冰箱内的饮料或收看闭路电视的话，则结账时均需收费。

　　日本的旅馆一般都提供牙刷、牙膏、肥皂及和式睡衣。旅馆的住宿费中是否包括早餐，应事先询问清楚。在日本服务性行业均没有收小费的习惯。

背景知識

　　中国で旅行や出張に出る場合、列車や船のチケットまたは航空券の予約が必要です。特に観光シーズンには客の流通量が大きく、その時になって切符を買おうとしても、すぐには手に入らないことがあります。ですからあらかじめ予約しておいた方が無難でしょう。切符を予約する時、日時と旅行先、そして片道か往復かをはっきり言わなければなりません。また、切符の割引のあるなしを確かめてから買いましょう。航空会社では閑散期になると、航空券の割引がありますので、航空代はかなりやすくなります。なお、航空券を予約する場合、パスポートかまたはそのコピーが必要とされますので必ずお持ちください。

单 词 本

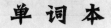

哪里	どこ
预定	予約（よやく）する
机票	航空券（こうくうけん）
往返票	往復券（おうふくけん）
去……的票	……までのチケット
……张（票）	……枚（まい）
什么时候	いつ
星期五	金曜日（きんようび）
稍许	少々（しょうしょう）
等候	待（ま）つ
百分之……	……パーセント
折扣	割引（わりびき）
需要	入用（いりよう）
请求	願（ねが）う
票费	チケット代（だい）
小心地收好	大事（だいじ）にしまう

ホテルで 旅館 5

► 甲：先生，我能为你服务吗？

► 乙：我要一间双人房间。

► 甲：请问您打算住几天？

► 乙：我要住五天。多少钱一天？

► 甲：850元一天。

► 乙：你们的房价包括早餐吗？

► 甲：包括的。请付押金4500元。

► 乙：我在房间里可打国际长途和上网吗？

► 甲：没问题。

► 乙：是不是拨号上网？

A: いらっしゃいませ。わたし ◀
が何かお役に立つことがあり
ますか。

B: ツインルームを一部屋お願い ◀
したいのですが。

A: 何泊されますか。 ◀

B: 5泊する予定ですが、一泊い ◀
くらですか。

A: 一泊は850元です。 ◀

B: 部屋代に朝食代が入っていま ◀
すか。

A: はい、入っています。敷金 ◀
は4500元です。

B: 部屋で国際電話をかけたり、 ◀
インターネットに接続するこ
とはできますか。

A: できます。 ◀

B: ダイヤルでインターネットに ◀
接続するのですか。

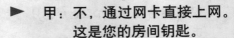

▶ 甲：不，通过网卡直接上网。
　　这是您的房间钥匙。

▶ 乙：谢谢！请把行李送到我的
　　房间去。

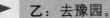

▶ 乙：先生，能帮我要一辆出租
　　车吗？

▶ 甲：请问您上哪儿？

▶ 乙：去豫园。

A: いいえ、ネットアダプタで 直接インターネットに接続で きます。これはお部屋の鍵で す。

B: どうも、ありがとうござい ます。お手数ですが、荷物を わたしの部屋へ持っていって ください。

......

B: すみません。タクシーを呼 んでください。

A: どちらへいらっしゃいます か。

B: 豫園へ行きたいのです。

文化背景

　　日本的陆上交通工具主要有地铁、电车、新干线、公共汽车、出租汽车。在日本各大主要城市都有地铁，这是市民最常用的交通工具。电车可分为普通列车、快车和特快列车。地铁和电车的车票一般都用自动售票机售票。新干线是城际交通最有效的工具之一，主要机车为光号（ひかりごう）、回声号（こだまごう）和希望号（のぞみごう）。光号只停大站，回声号每站都停，希望号车速最快。新干线车票可以预定，光号全线对号入座，而回声号分对号（"指定席"）和不对号（"自由席"）两种。公共汽车是短途交通工具，其车费有两种情况，一种是不论距离长短，车费一样，乘这种车时不需要拿取整理票（せいりけん），上车付钱即可。另一种是按所乘距离长短收费。乘这类车时，一般从中门和后门上车，从前门下车。上车时，在车门口的整理券盒内抽取整理券，券上有号码，作为从哪一站上车的证明。下车时，按现实的运价表上与该号码对应的价目，将整理券和车费放在相应的盒内。车内一般用录音播报站名，乘客要留意自己下车的站名，快到站时，要按一下自己身边的信号铃，通知司机要下车。如果无人按铃，则汽车可能会到了站也不停车。

背景知識

　　中国に到着し、入国手続きがすんだら、何より
も大事なことは宿泊先との連絡をとっておくことで
す。あらかじめホテルを予約した者はまずホテルへ
向かいます。ホテルで，チェックインの手続をとる
時、パスポートを提示し、またご希望の部屋（シン
グルか、ツインかなど）、宿泊日数、施設の利用、サー
ビスなどについてはっきり言いましょう。それから
必要な料金を確かめ、敷金を払います。ほかに特別
な希望があれば、フロントの係員に言うか、または
サービス部の方に電話で連絡すればいいです。一部
のサービス料（たとえば、朝食代、長距離電話料金、
インターネット接続料金など）は宿泊料に含まれな
いこともありますので，誤解や不快をさけるために
はっきり確かめた方がいいでしょう。チェックアウ
トの時、係員が部屋施設のチェックをしますので、
それがすんでからホテルを出るようにしましょう。

单 词 本

我能为你效劳么？

    何（なに）かお役（やく）に
    立（た）つことがありますか

双人房	ツインルーム
住，逗留	泊（とま）る
住一宿	一泊（いっぱく）する
房价	部屋代（へやだい）
早饭	朝食（ちょうしょく）
押金	敷金（しききん）
国际长途电话	国際電話（こくさいでんわ）
上网	インターネットに接続（せつぞく）する
钥匙	鍵（かぎ）
麻烦您	お手数（てすう）ですが
行李	荷物（にもつ）
出租车	タクシー
叫，呼	呼（よ）ぶ
豫园	よえん

銀行

6

銀行で

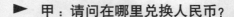

6. 银行　銀行で

▶ 甲：请问在哪里兑换人民币？

▶ 乙：请到 3 号柜台。

▶ 甲：请把这些日元换成人民币，谢谢。

▶ 乙：请稍候。这是您要的人民币，请收好。

★ 现金
现金（げんきん）、キャッシュ
支票
小切手（こぎって）

▶ 甲：谢谢。顺便问一下，我在上海可以使用信用卡支付吗？

▶ 乙：可以。

A: お伺いしますが、人民元の両 ◀
替はどこでしょうか。

B: ３番の窓口の方へどうぞ。 ◀

A: 日本円を人民元に両替してく ◀
ださい。

B: 少少お待ちください。はい、両 ◀
替した人民元です。どうぞお
受け取りください。

A: ありがとうございます。それ ◀
から一つお伺いしたいのです
が、上海でクレジットカード
で支払うことができますか。

B: はい、できます。 ◀

文化背景

　　日本银行服务网络设施齐全，在银行开设存折户头和取钱时，需要私人图章。为安全起见，存折和图章应分别保管为好。如发生遗失现象时，需立即通知有关银行挂失。银行除办理存款及外币兑换业务外，还办理水、电、煤气、电话等各种公共事业费用的缴纳业务。一般银行都有自动存取款机，在银行办理了现款存取卡，就可以很方便地存取现款。办理手续等如有不清楚的地方，可以询问银行的服务人员，他们会热情地为你服务。

　　银行的营业时间，平时是上午9点至下午3点，星期六营业至正午12点为止，星期天全天休息，自动存取款机则24小时开放。

　　中国で外貨を人民元に引き換えたい時は、両替の窓口のある銀行へお越しください。国際クレジットカード（たとえば、エクスプレスカード、マスターカード、VISA カード）は中国の各商業部門で通用できます。今日の中国ではカードを利用する人数が増えつつあります。しかし、小さい店などではカードの取り扱いはされていないので、普段つねに小額の現金を持っていると便利です。

单 词 本

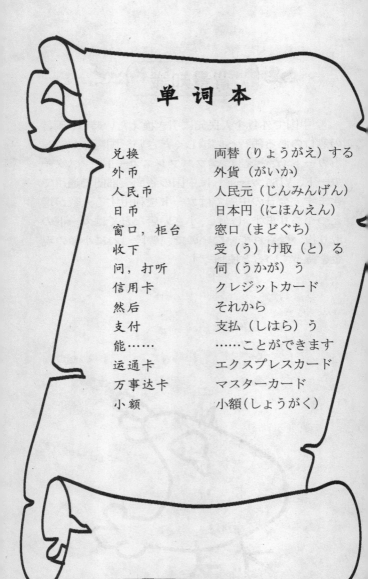

兑换	両替（りょうがえ）する
外币	外貨（がいか）
人民币	人民元（じんみんげん）
日币	日本円（にほんえん）
窗口，柜台	窓口（まどぐち）
收下	受（う）け取（と）る
问，打听	伺（うかが）う
信用卡	クレジットカード
然后	それから
支付	支払（しはら）う
能……	……ことができます
运通卡	エクスプレスカード
万事达卡	マスターカード
小额	小額（しょうがく）

郵局

7

郵便局で

7. 邮局　郵便局で

★信封
　封筒（ふうとう）
★那里　そこ

► 甲：请问在哪个窗口买<u>邮票</u>？
► 乙：就<u>在这里</u>。

► 甲：有奥运会的纪念邮票吗？
► 乙：有的。

► 甲：我可以看一看吗？
► 乙：行。您要几套？

► 甲：5套。顺便问一下，哪里可以寄包裹？
► 乙：在2号窗口。

A: すみません。切手はどの窓口 ◀
　　で買えますか。

B: こちらで扱っております。 ◀

A: オリンピックの記念切手はあ ◀
　　りますか。

B: はい、あります。 ◀

A: ちょっと見せてください。 ◀

B: はい、どうぞ。何セットお求め ◀
　　ですか。

A: 5セットください。それから ◀
　　小包はどの窓口で扱っていま
　　すか。

B: 2番の窓口です。 ◀

文化背景

日本的邮政服务范围广泛，除了办理出售邮票、明信片，受理国内外的各种邮件、汇款业务外，还受理各种储蓄业务，同时也受理水、电、煤气等费用的缴纳业务。办理公共事业费用的缴纳手续时，需带上缴纳通知书，这样缴纳的费用便可通过邮局拨付。但是，如果过了交付期则就需要亲自到电话局等缴纳部门去付款。

邮票和明信片除了邮局出售外，凡挂有"〒"标牌的店铺也有出售。邮寄平信和明信片时，只要投入邮筒即可。在一些大都市内的邮筒都有两个投信口，一个为都内（东京都的话标有"東京都"），另一个为"他府县"，或者是市内与其他地区两个投口。国际信件要投入"他府县"的投信口。平信和明信片的邮资不同，平信为70日元，明信片为50日元。日本至中国的明信片邮资为70日元，航空信邮资为90日元。寄航空信应使用统一发售的标准信封，在信封上需用红笔标明"航空便"，在规定的位置贴上邮票，写上邮政编码。寄信人的地址和姓名一般写在信封的背面。

背景知識

　　中国の郵便局では各種の郵便業務を取り扱う窓口が設けられています。郵便局に入ったら、まず自分の目ざす窓口を確認します。手紙や小包を送る時、受け取り人の住所と氏名をはっきり書き示し、郵便物の郵送の仕方（通常郵便、書き留め、エクスプレスなど）に応じて必要な料金を係員に確かめた上、払います。

单 词 本

买	買（か）う
这里	こちら
办理	扱（あつか）う
邮票	切手（きって）
奥运会	オリンピック
让我看	見せてください
套	セット
要求，购买	求（もと）める
包裹	小包（こづつみ）
一般邮件	通常郵便（つうじょうゆうびん）
挂号邮件	書（か）き留（と）め
特快专递	エクスプレス
确认	確（たし）かめる

8.饭店　レストランで

► 甲：请问这里还有空位吗？

► 乙：有，请跟我来。请坐，这是菜单。

► 甲：请给介绍一下这里的特色菜。

★ 烤鸡
焼き鳥（やきとり）

► 乙：我们这里的<u>烤鸭</u>很有名。还有麻婆豆腐也不错。

► 甲：好，我们要一个麻婆豆腐，不过请少放点辣椒。

► 乙：好的。

► 甲：每份菜的量有多少？

► 乙：蛮多的，够你们几个人吃的。

A: 空いている席があります
か。

B: はい、ございます。どうぞこち
らへ。おかけください。これは
メニューです。

A: こちらの自慢料理はなんです
か。

B: こちらの*ダックの丸焼き*が有
名です。マーポー豆腐もなか
なかおいしいですよ。

A: では、マーポー豆腐にしま
しょう。唐がらしは少なめに
してください。

B: はい、かしこまりました。

A: 一つの料理の量はどれぐらい
ですか。

B: かなり量があります。数名様
には十分です。

8.饭店　レストランで

甲：有绍兴黄酒吗？

乙：有。要几瓶？

甲：两瓶。你们这里有什么点心？

乙：南瓜饼。

甲：好的，我们每人要两个。请先给我们每人来一杯<u>水</u>，加冰块。

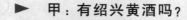

★ 咖啡
コーヒー

乙：好，马上送来。

……

甲：小姐，请给我们结账，别忘了给我们一张发票。

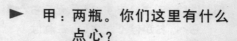

★ 没问题
結構です

乙：<u>好的</u>　请稍候。

A: 紹興酒はありますか。 ◀

B: はい、ございます。何本にいた ◀
しましょうか。

A: 二本ください。デザートはど ◀
ういうものがありますか。

B: カボチャ餅がございます。 ◀

A: では、一人に二つずつくださ ◀
い。お水をそれぞれ一杯お願
いします。氷も入れてくださ
い。

B: はい、すぐ持って参ります。 ◀
……

A: すみません。お勘定をお願い ◀
します。領収証もお願いしま
す。

B: はい、少々お待ちください。 ◀

文化背景

　　日本的餐馆种类大致分 3 类，即日餐、中餐和西餐。在餐馆的入口处，一般设有陈列橱窗，并标有价格，供点菜时参考。订饭菜的方法根据餐馆有所不同，有的是在入口处买票，而有的是服务员来餐桌请客人点菜，就餐完毕后再付款结账。在日本餐馆用餐不用付小费。

　　和朋友一起聚餐时，一般习惯各自点自己爱吃的菜，并各自付账，或者采用"AA 制"平均分摊的办法。日本人十分注意用餐时的礼仪，用餐时发出很大响声被视为不礼貌的行为。尤其在日本式餐馆用餐时，坐的姿势和就餐的动作等都有一定的规矩。

　　中華料理は世界でも有名で、四川料理、湖南料理、広東料理などに分けられます。各料理店はそれぞれの自慢料理があります。料理の注文をする時、お勧め品は何かを聞いた上、自分の好むものを選びましょう。また、食べきれず、無駄になることがないようにおかずの量も確かめた方がいいでしょう。ほかに、特別なご希望（たとえば、唐辛子を少なめにしてほしいとか）があれば、サービス係りに言って下さい。人数の多い会食などのような場合には、注文のとり方として前菜、炒め料理、スープ、デザート、それから酒類、飲み物という順で注文をとるのが普通です。食事の後，勘定を済ませたら、領収書の受け取りを忘れないようにしましょう。

单词本

空位	空（あ）いている席（せき）
有	ございます（"ある"的敬语）
请坐	おかけください
菜单	メニュー
特色菜	自慢料理（じまんりょうり）
烤鸭	ダックの丸焼（まるや）き
辣椒	唐辛子（とうがらし）
少一些	少（すく）な目（め）
有名	有名（ゆうめい）
知道了	かしこまる（恭敬的说法）
足够	十分（じゅうぶん）
绍兴酒	紹興酒（しょうこうしゅ）
点心	デザート
南瓜饼	カボチャ餅（もち）
冰块	氷（こおり）
结账	勘定（かんじょう）する
发票	領収証（りょうしゅうしょ）

旅游

见物

9

9. 旅游　見物

▶ 甲：请问今天天气如何？会下雨吗？

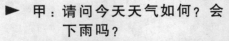

★ 阴天
　曇（くも）り
　雨天
　雨（あめ）

▶ 乙：今天是晴天。

▶ 甲：气温是多少？

▶ 乙：最高温度25度，最低温度16度。

▶ 甲：通常这里这个季节的平均气温是多少？

▶ 乙：一般在22度左右。

▶ 甲：我要到朱家角去。请问什么时候发车？

▶ 乙：再过一刻钟。

▶ 甲：到朱家角要多长时间？

▶ 乙：大约一个小时。

A: きょうの天気はどうですか。
雨が降るでしょうか。

B: きょうは*晴れ*です。

A: 気温は何度ぐらいですか。

B: 最高気温は25度で、最低気温
は16度です。

A: ここでは今の季節の平均気温
はどのくらいですか。

B: 普通は22度ぐらいです。

A: わたしは朱家角へ行きたいん
ですが、いつ発車しますか。

B: あと15分で発車します。

A: 朱家角まではどのくらいかか
りますか。

B: 約1時間かかります。

第二部分　基本情景会话

9. 旅游　見物

► 甲：我们今天去大观园吗？

► 乙：如果有时间的话，会的。不过门票自理。

► 甲：门票要多少钱？

► 乙：50 元。

……

► 甲：导游，我们在这里可以呆多长时间？

► 乙：两个小时 ，然后一起吃午饭。

★ 早饭
朝（あさ）ご飯
（はん）
晚饭
晚（ばん）ご飯
（はん）

► 甲：请问有导游图卖吗？

► 乙：有，就在那边那个小店里。

► 甲：请问这里的特色纪念品是什么？

► 乙：竹子做的手工艺品。

A: きょう大観園に行きますか。 ◀

B: 時間がありましたら行きます ◀
　 が、入園料は自己負担となっ
　 ております。

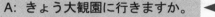

A: 入園料はいくらですか。 ◀

B: 50元です。 ◀

　 ……

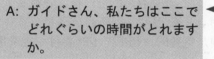

A: ガイドさん、私たちはここで ◀
　 どれぐらいの時間がとれます
　 か。

B: 大体2時間ぐらいです。それ ◀
　 から一緒に*昼食*に行きます。

A: 案内図はどこで売っています ◀
　 か。

B: あそこの売店で売っています。 ◀

A: こちらの特別記念品は何で ◀
　 しょうか。

B: 竹細工です。 ◀

文化背景

　　日本的商店通常有以下三种：第一种是百货店。百货店是出售较高档商品的综合性商店。如高岛屋（たかしまや）、三越（みつこし）、阪急（はんきゅう）、大丸（だいまる）等都是有名的大型百货店。第二种是专卖店，是专门出售某类商品的小型商店。如蔬菜商店、药店、粮店等。第三种是超级市场。有出售食品、日用品、服装、电气产品等的大型超市，也有专卖食品或日用品的小型超市。在日本的大、小商店、超市的商品都有明码标价，一般没有讨价还价的习惯。

　　东京的"秋葉原（あきはばら）"和大阪的"日本橋（にほんばし）"都是有名的电气街。在购买大型电气产品等时，一般都可以委托商店送货，在一定的距离范围内是免费的，超出范围时要付一定费用。

　　中国で旅行したい時は旅行社に頼めば、食事、宿泊、観光といった一本化サービスを提供してくれます。もちろん、セルフ旅行も結構です。旅行に出る場合、安全第一で、気象の様子に十分注意しなければなりません。旅行先が決まると、まずどんな交通機関を利用するかを考えます。そして、目的地に到着したら、地元の旅行社に連絡すれば交通機関とガイドのサービスをしてもらえます。中国の民族工芸品は天下の絶品と言われ、各国の観光客に喜ばれています。旅行先のお土産や手のこんだ手工芸品を身内の人や親しい友人へのお土産にしてもいいでしょう。買い物は商店のほかに地元の住民からも徳用のお土産や細工を手に入れることが出来ます。

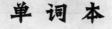

单词本

天气	天気（てんき）
怎么样	どう
下雨	雨（あめ）が降（ふ）る
晴天	晴（は）れ
气温	気温（きおん）
摄氏度	摂氏（せっし）
最高的	最高（さいこう）
最低的	最低（さいてい）
平均	平均（へいきん）
小时	～時間（じかん）
大观园	大観園（だいかんえん）
门票	入園料（にゅうえんりょう）
自理	自己負担（じこふたん）
午饭	昼食（ちゅうしょく）
导游图	案内図（あんないず）
卖	売（う）る
竹编手工艺品	
	竹細工（たけざいく）
小店	売店（ばいてん）

10. 购物　買い物

► 甲：您要买什么？

★ 大衣　オーバー
　　裙子　スカート

► 乙：我想买一件<u>羊毛衫</u>。

► 甲：这个款式挺不错的。

► 乙：我可以试一试吗？

► 甲：可以，试衣室在那边。

► 乙：请问在哪里付钱？

► 甲：向前走往左拐，在收款
　　处付费。

　……

► 乙：这是收据和发票。

► 甲：请拿好你的羊毛衫。

► 乙：请问附近有厕所吗？

► 甲：在 2 楼楼梯口。

A: 何を差し上げましょうか。 ◀

B: ウールを買いたいんです。 ◀

A: このデザインはなかなかいい ◀
   ですよ。

B: ちょっと試着してもよろしい ◀
   ですか。

A: はい、結構です。試着室はあち ◀
   らです。

B: お金はどこで払いますか。 ◀

A: まっすぐ行って、左に曲がる ◀
   とレジがございます。そこで
   お払いください。

   ......

B: これはレシートと領収証です。 ◀

A: お買い上げのウールです。 ◀

B: あのー、トイレはどこでしょ ◀
   うか。

A: 二階に上がったところにあり ◀
   ます。

文化背景

　　日本位于太平洋西侧，是由四个大岛和一千多个小岛组成的美丽岛国。北部近寒带，南部近亚热带，属海洋性气候。四季分明，湿润多雨，植被丰富，山地占国土面积的五分之四，多火山，有不少值得游览的名胜地和风景区。富士山是日本最有名的山峰，位于静冈县和山梨县的交界处，其山顶终年积雪，雄伟壮观，是日本的象征。古都京都的岚山是位于京都市内西北部的小山，那里环境优美，山清水秀。我们敬爱的周总理曾多次游览岚山，并留下了"雨中岚山"的诗句。

　　由于日本特殊的地质结构，温泉遍布全国，成为具有特色的旅游资源之一。有名的温泉观光地有箱根、热海等。

　　除了独特的自然风光和名胜古迹外，还有很多具有现代气息的游园地，如著名的迪斯尼乐园，海洋水族馆，科技馆，博物馆等。

　　中国の商店は大きく三種類に分けられます。一つは日常の生活用品を扱うデパートで、品物には服装、トランク類、化粧品、家庭用電気製品などがあります。もう一つは食料品店で、お菓子、塩漬け物、塩干し物などいろいろな食品を扱っています。三つ目はスーパーマーケットです。そこには食料品や日用品が一応揃っています。そのほかに、服装の専門店もあります。そこにはもっぱら銘柄品の衣類や服飾品が扱われており、お求めの衣類は手に入れることが出来るでしょう。中国の大都会ならほとんどといっていいほど商店街があります。商店街は都市のもっともにぎやかな繁華街にあります。たとえば、上海の淮海路（わいかいろ）、南京路（なんきんろ）などが有名な商店街です。なお、スケールの大きい商店では、クレジットカードが使えますので買い物は大変便利です。

单 词 本

什么	何（なに）
给（您）	差（さ）し上（あ）げる
羊毛衫	ウール
款式	デザイン
相当	なかなか
试穿	試着（しちゃく）
试衣室	試着室（しちゃくしつ）
付（钱）	払（はら）う
付款处	レジ
收据	レシート
您买的（卖主对顾客的客气话）	
	お買（か）い上（あ）げ
厕所	トイレ
二楼	二階（にかい）
上，登	上（あ）がる
场所	ところ

第二部分 基本情景会话

11. 观看影剧 觀劇

► 甲：请问最近有什么精彩的演出？

► 乙：现在正好是艺术节，演出很多，京剧，歌剧，杂技，话剧，等等，都有。

► 甲：我想看京剧，能买到票吗？

► 乙：能，这几天大剧院正好有京剧演出。不过得提前订票。

► 甲：太好了，那就请你帮我订两张票，好吗？

► 乙：好的，没问题。

A: 近頃何かすばらしい出し物は
　　ありますか。

B: 今ちょうど芸術祭なので、京
　　劇、オペラ、曲芸、新劇などい
　　ろんな出し物が催されていま
　　す。

A: わたしは京劇を見たいのです
　　が、切符は手に入りますか。

B: この頃大劇場で京劇の公演が
　　あります。でも、あらかじめ予
　　約しなければなりません。

A: それでは、2枚予約できます
　　か。

B: はい、結構です。

文化背景

　　日本的影剧文化领域内容十分丰富。当今世界所流行的现代文化艺术如歌剧、交响音乐、摇滚乐、流行音乐等应有尽有。此外，具有浓郁民族特色的传统文化也同样占有重要的地位。日本代表性的传统演艺有"能楽（のうがく）"、"文楽（ぶんらく）"等。能乐是日本的一种古典歌舞剧，是由外来舞乐和日本传统舞乐融合而成。演员带着能乐面具，合着笛、鼓等伴奏，边唱谣曲边表演。文乐是日本特有的配合义大夫调净琉璃（用琵琶或三弦伴奏的说唱曲艺）演出的偶人剧。"歌舞伎（かぶき）"是日本代表性戏剧，在东京有专门的歌舞伎剧场和集中建有歌舞伎剧场、影院等娱乐场所的歌舞伎街。具有传统和现代交融特色的女子歌剧团"宝塚歌剧剧团"也是日本演艺界的一大亮点，值得一看。此外，两人对说的滑稽曲艺相声"漫才（まんざい）"也是人们喜闻乐见的剧目之一。

背景知識

　中国へ旅行に来られたら、ぜひ時間をつくって、中国の演劇をご覧くださいますようにお勧めします。中国の地方劇はバラエティーに富んでおり、各地方にはそれぞれ独特の劇があります。たとえば、江南地方に昆劇、越劇、広東劇があり、北方には、河南地方の豫劇、河北地方の梆子、陝西地方の秦腔などがあります。そのうちこれだけはぜひとも見なければと思われる劇に京劇があげられます。京劇は中国の国劇で、その歌い方が優美で、衣裳がきれいです。とくに俳優の顔のくまどりが象徴性に富んでいます。たとえば、真赤な顔は忠実を象徴し、白の顔は奸悪を示します。中国の伝統的な演劇は西洋のオペラと違って、歌とともに、美しい踊りを披露し、優美そのものです。

単 词 本

最近	近頃（ちかごろ）
精彩的	すばらしい
演出	出（だ）し物（もの）
艺术节	芸術祭（げいじゅつさい）
京剧	京劇（きょうげき）
歌剧	オペラ
杂技	曲芸（きょくげい）
话剧	新劇（しんげき）
正好	ちょうど
预先	あらかじめ
剧场	劇場（げきじょう）
预约	予約（よやく）する
好，行	結構（けっこう）
必须做	しなければなりません

12. 医院　病院

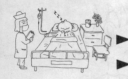

► 甲：请问在哪里挂号？

► 乙：就在门诊大厅挂号处。

......

★ 牙痛
　歯（は）が痛（い
　た）い
发烧
　熱（ねつ）が出
　（で）る

★ 外科　外科（げか）

► 甲：请问头痛、咳嗽该看什么科？

► 乙：内科。

► 甲：要先付款吗？

► 乙：请先付挂号费。

......

► 甲：请问哪里取药？

► 乙：前面3到5号窗口。

......

► 甲：请问这药是饭前服还是饭后服？

► 乙：一日三次，饭后半小时内服用。

A: すみません。受付はどこで
しょうか。

B: 受付は外来部のホールにあり
ます。
......

A: お伺いしますが、*頭痛*や咳は
何科で見てもらいますか。

B: *内科*です。

A: 料金は前払いですか。

B: 受付料を先にいただきます。
......

A: すみません。薬はどこでもら
いますか。

B: この先の3番から5番までの
窓口へどうぞ。
......

A: ちょっと教えていただきたい
のですが、この薬は食前それ
とも食後に飲みますか。

B: 1日に3回、食後30分以内に
飲んでください。

文化背景

　　日本的医疗卫生事业比较发达，其医疗机构有诊疗所、医院和专科医院等。一般小病上诊疗所就诊，大病则需要上大医院治疗。患急诊或受伤等紧急的场合，可以打119电话呼叫救护车。由于日本的火警电话也是119，所以打电话时必须清楚说明生病或火灾。

　　在日本入学或就业时，都需要提交健康诊断书。日本社会普遍实行健康保险制度，正式就业人员，可用工作单位发的健康保险证就医看病，其医药费大部分由保险支付，个人仅负担10%~30%。在医院一般对医生称"先生"，对女护士称"看護婦さん"。

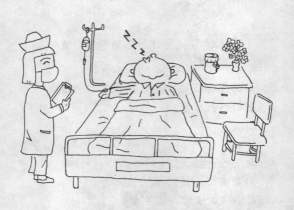

　　中国は人口の多い国で、病院や診療所が多く、診察は非常に便利です。病院には内科、外科などのほかに普通漢方医科も設けられています。また、漢方医専門病院もあります。漢方薬は虚弱な体質や慢性疾患の治療に利き目が著しく、漢方薬の薬草は天然の薬物であって、人工的な添加剤が入っていないので副作用がありません。そのほか、漢方医の鍼灸と按摩も効果的な利き目があります。

单 词 本

门诊	外来部（がいらいぶ）
挂号	受付（うけつけ）
大厅	ホール
在	ある
头痛	頭痛（ずつう）
咳嗽	咳（せき）
内科	内科（ないか）
挂号费	受付料（うけつけりょう）
取药	薬（くすり）をもらう
服药	薬（くすり）を飲（の）む
教	教（おし）える
饭前（后）	食前（しょくぜん）、食後（しょくご）
还是，或者	それとも
在……之内……	以内（いない）に

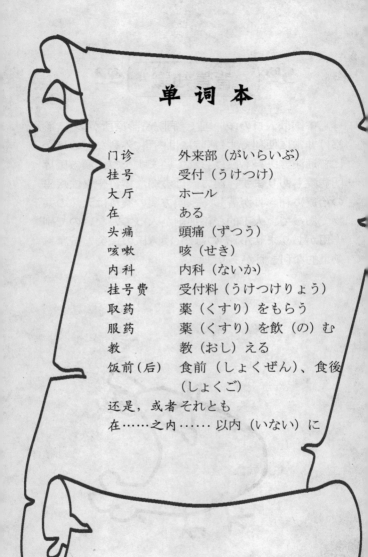

体育

スポーツ

13

第二部分 基本情景会话

13. 体育 スポーツ

★ 明晚
  あしたの晩（ばん）
★ 足球 サッカー
  排球
  バレーボール
  乒乓球
  ピンポン

▶ 甲：田中，你有<u>今晚</u>中韩<u>篮球赛</u>的球票吗？

▶ 乙：有啊。我们一起去吧。

▶ 甲：篮球赛什么时候开始？

▶ 乙：7点半。

▶ 甲：请问3号门在哪里？

▶ 乙：顺着这里往前走就到了。

▶ 甲：请问这里是A区10排25座吗？

▶ 乙：是的，请往里走。

    …… ……

▶ 甲：你觉得哪一个队会赢？

▶ 乙：中国队。女子接力是中国游泳队的强项。

A: 田中さん、今晩行われる中韓バスケットボール試合のチケットをもっていますか。

B: はい、持っています。一緒に見に行きましょう。

A: 試合は何時に始まりますか。

B: 7時半です。

A: すみません。3号門（ゲート）はどこですか。

B: ここをまっすぐ行ったところです。

A: あのー、ここはA区の10列の25番ですか。

B: はい、そうです。奥の方へどうぞ。
……

A: どのチームが勝つと思いますか。

B: 中国チームが勝つと思いますよ。中国水泳チームの女子リレーは強いですからね。

13. 体育　スポーツ

► 甲：今天会有人打破世界纪录吗？

► 乙：很有可能。

......

► 甲：今天来看球的人真多啊！

► 乙：确实不少。

► 甲：今天的主裁判是谁？

► 乙：是<u>日本人</u>。

★ 中国人
中国人（ちゅうご
くじん）
美国人
アメリカ人（じ
ん）
英国人
イギリス人（じ
ん）
德国人
ドイツ人（じん）

► 甲：穿5号球衣的运动员是著
名中锋李明吗？

► 乙：正是。

► 甲：好球！

► 乙：中国队，加油！

A: きょうは世界新記録が出るでしょうか。

B: きっと出るでしょう。

......

A: きょうは試合を見に来る人が多いですね。

B: 本当に多いですね。

A: きょうの審判はだれですか。

B: *日本の人*です。

A: ユニホーム背番号5番の選手は有名なセンターの李明さんですか。

B: そうです。

A: ナイスシュート！

B: 中国、がんばれ！

文化背景

　　日本的体育运动事业十分发达，以其强大的体育实力已成为亚洲乃至世界体育强国之一。柔道和相扑是日本最有代表性的传统体育项目，可称为日本的国技。其游泳、体操等技巧性项目，足球、棒球、排球、乒乓球等球类项目，以及围棋等智力性项目等都达到国际一流水平。

　　在日本，体育明星不仅收入颇丰，且享有很高的社会地位，普遍受到人们的尊敬和爱戴。

背景知識

　　中国人はスポーツが好きです。人気のあるスポーツといえば、卓球、バドミントン、バレーボール、バスケットボールなどです。中国の伝統的特色をもつスポーツには太極拳や剣道があります。中国では大衆的な体育活動が盛んで、朝のトレーニングの時間に集団で体操や太極拳をやっている風景がよく見られます。

　　中国の体育水準は急速に向上しつつあります。世界オリンピック大会では中国は多くの金メダルを勝ち取り、世界のスポーツ界における地位がますます高まっています。

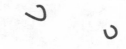

单　词　本

进行	行（おこな）う
篮球赛	バスケットボールの試合（しあい）
开始	始（はじ）まる
入场口	入場口（にゅうじょうぐち）
队	チーム
胜	勝（か）つ
游泳	水泳（すいえい）
接力赛	リレー
强的	強（つよ）い
世界纪录	世界新記録（せかいしんきろく）
一定	きっと
主裁判	主審（しゅしん）
（运动员）后背号码	背番号（せばんごう）
好球	ナイスシュート
中锋	センター
球衣	ユニホーム
加油！	がんばれ

14. 展览　展览会

► 甲：请问上海博物馆什么时候开门？

► 乙：早上 10 点。

► 甲：听说，上海城市规划馆就在上海博物馆旁边吧？

► 乙：是的。有时间的话，你可以顺道参观一下规划馆。

► 甲：请问从我们这个旅馆到世博会展馆有定点班车吗？

► 乙：有，每天有 3 班。

► 甲：这次世博会有多少国家参展？

► 乙：一百多个。

A: ちょっとお伺いしますが、上海博物館は何時に開館しますか。

B: 朝の10時に開館します。

A: 上海都市建設企画館は上海博物館の隣にあるそうですね。

B: ええ、そうです。時間の余裕がありましたら、ついでにそこを見学するといいですね。

A: このホテルから万国博覧会まで定期バスがありますか。

B: あります。1日に3回出ます。

A: 今回の万博に参加する国はどれぐらいですか。

B: 100あまりです。

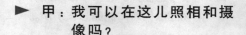

▶ 甲：我可以在这儿照相和摄像吗？

▶ 乙：可以。

▶ 甲：请问您是负责这个展台的吗？

▶ 乙：是的。有什么事？

▶ 甲：请给我一份有关这个展品的资料，好吗？

▶ 乙：可以。

▶ 甲：我能够得到一份样品吗？

▶ 乙：对不起，我们只有这一个样品。

A: ここで写真を撮ったり、撮影 ◀
　　したりしてもよろしいですか。

B: はい、結構です。 ◀

A: お宅はこの展示コーナーの責 ◀
　　任者ですか。

B: はい、そうですが、……。 ◀

A: ここの展示品に関する資料を ◀
　　1部いただけませんか。

B: はい、どうぞ。 ◀

A: サンプルもいただきたいので ◀
　　すが。

B: 申しわけございませんが、サ ◀
　　ンプルは一つしかございませ
　　んので、……

► 甲：请问你这个产品什么时候能上市？

► 乙：大约明年年初。

► 甲：它的预期市场价格是多少？

► 乙：我现在还不能给你一个确切的回答，但它肯定是很有竞争力的。

► 甲：请告诉我你们的联系方法，如电话、地址，好吗？

► 乙：这是我的名片，上面有地址及联系的方法。

A: この製品はいつごろ出回りますか。 ◀

B: 来年の始め頃になると思います。 ◀

A: この製品の市場の見積り価格はいくらですか。 ◀

B: 今のところ、はっきりしたことは分りませんが、きっと競争力のある製品にちがいありません。 ◀

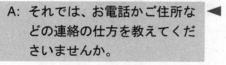

A: それでは、お電話かご住所などの連絡の仕方を教えてくださいませんか。 ◀

B: これは私の名刺です。それには連絡先や連絡の仕方が書いてあります。 ◀

文化背景

　　在日本经常举行各种类型的展览会，有些属于商业性活动，以展示各类产品为目的，如汽车展、航空展、食品展等。而有些则以宣传文化、教育青少年为宗旨的。

　　日本各地都建有展览馆、博物馆、艺术馆、乡土风情馆等。一般对青少年都免费或以优惠价开放。

　　一些国际性的展览会也经常在日本举行，如世界博览会曾在大阪成功地举办。

　　中国の世界における地位が高まるにしたがって、多くの外国の実業家は中国に投資し、新しい事業の開発に力を入れています。毎年、中国の一部の大都会（北京、上海、広州など）でさまざまな展覧会が催されています。たとえば工業展覧会、農業展覧会、服装展覧会などがあります。そのほか、広州では年に二回広州交易展覧会（略して広交会）が定期的に行われます。2010年には万国博覧会が上海で開催される予定です。また、文化芸術関係の展覧会（絵画、書道、生け花などの展示会）や都市建設企画展覧会がよく催されます。これらの展覧会は人々の視野を広げ、生活をより豊富多彩なものにします。

単 词 本

上海博物馆	上海博物館（しゃんはいはくぶつかん）
城市规划馆	都市建設企画館（としけんせつきかくかん）
空余	余裕（よゆう）
顺便	ついでに
参观	見学（けんがく）する
定点班车	定期（ていき）バス
参加	参加（さんか）する
照相	写真（しゃしん）をとる
摄影	撮影（さつえい）する
负责人	責任者（せきにんしゃ）
展台	展示（てんじ）コーナー
资料	資料（しりょう）
展品	展示品（てんじひん）
样品	サンプル
产品	製品（せいひん）
上市	出回（でまわ）る
预期	見積（みつも）り
价格	価格（かかく）
竞争力	競争力（きょうそうりょく）

第二部分 基本情景会话

15. 会议 会議

▶ 甲：请问参加会议在哪儿报到？

▶ 乙：请到一楼103房间会务组。

▶ 甲：我的发言稿交到哪儿？
　　　是交给会务组吗？

▶ 乙：是的。

▶ 甲：今天的会议由谁主持？

▶ 乙：由林德教授主持。

▶ 甲：今天的会议有哪几个发言？

▶ 乙：有美国、日本、加拿大的，还有中国北京、上海的，共6位专家发言。

A: すみません。会議の受け付け
はどこですか。 ◀

B: 1階の103号室の会議実行
委員会の事務室です。 ◀

A: わたしのスピーチの原稿はど ◀
こに出せばよろしいですか。
103号室の事務室ですか。

B: はい、そうです。 ◀

A: きょうの会議の司会者はどな ◀
たですか。

B: 司会者は林徳教授です。 ◀

A: きょうの会議ではどなたが発 ◀
表されますか。

B: アメリカ、日本、カナダおよび ◀
中国の北京、上海の専門家な
ど6名が発表されます。

► 甲：今天会议的主题报告由谁来做？

► 乙：是世界著名经济学家李教授。

► 甲：今天会有哪些人来参加会议？

► 乙：有政府官员，有专业人士，还有几位著名企业家。

► 甲：会场里有没有翻译服务？

► 乙：有。你可通过耳机收听同声传译。

► 甲：哪里取耳机？

► 乙：就在会场入口处。

A: 会議のテーマ報告者はどなた
   ですか。

B: 世界で有名な経済学者の李教
   授がされます。

A: 会議にはどういう方々が参加
   されますか。

B: 政府の役人と専門家のほかに
   有名な企業家も何名か参加さ
   れます。

A: 会場では通訳などのサービス
   がありますか。

B: はい、あります。イヤホンで同
   時通訳をきくことができます。

A: イヤホンはどこにありますか。

B: 会場の入り口です。

► 甲：今天讨论什么问题？

► 乙：主要讨论地区规划和可持续性发展问题。

► 甲：是否需要表决？

► 乙：是的。

……

► 甲：我对刚才的提案表示同意。

► 乙：请问各位还有问题吗？

► 甲：我可以提个建议吗？

► 乙：可以。

► 甲：我能用日语讲述我的观点吗？

► 乙：可以。

A: きょうは何について討論しますか。

B: 主に地域の建設企画とその持続発展の問題について討論します。

A: 表決はしますか。

B: はい、します。
......

A: わたしはただいまの提案に賛成です。

B: ほかに何か質問でもございませんか。

A: 一つ提案してもよろしいですか。

B: はい、どうぞ。

A: 日本語でわたしの見方を述べさせていただけますか。

B: はい、結構です。

文化背景

　　在日本，根据不同目的举行的各种类型的会议十分频繁。在会议的准备工作方面，日本以其细致周到、高效务实的工作作风受到人们的好评。会议举办方往往会组成一个筹备委员会，确定会议的议题、日程和执行计划，向有关人员发出邀请。被邀请者无论出席与否都应及时做出回复。

　　国际性会议，一般会事先安排好高水平的同声传译人员和相应的设备。在日本举办的学术性会议上一般以英语和日语作为工作语言。发言者事先必须按照规定提交相应的书面资料，会议一般不安排同声传译，代表之间用工作语言直接交流。会议报到后，与会者会得到有关会议的详细指南和会议资料。

　　会議は生活の中で重要な位置を占めています。中国ではいろいろな会議が行われています。国際科学シンポジウムはそのうちの重要な会議の一つです。一部の高等教育機関では学科建設の強化、プロジェクトの開発を図るために、また教授法や学術交流を促すためによく国際的学術会議を開催します。国内外の専門家にいい交流の機会を与えます。とりわけ、改革開放政策が実施されて以来、各国の首脳や多くの外国の専門家が中国に来られ、政治、経済、文化などの各分野にわたって各国の専門家と交流を盛んに行っています。このような国際会議を通してお互いの理解が深まり、友好の絆が固められます。

单 词 本

报到处	受付（うけつけ）
办公室	事務室（じむしつ）
发言稿	スピーチの原稿（げんこう）
会务组	会議実行委員会（かいぎじっこういいんかい）
主持人（会议等）	司会者（しかいしゃ）
发表	発表（はっぴょう）する
专家	専門家（せんもんか）
发言	発言（はつげん）する
官员	役人（やくにん）
翻译服务	通訳（つうやく）のサービス
同声翻译	同時通訳（どうじつうやく）
耳机	イヤホン
提案	提案（ていあん）
提问	質問（しつもん）
讨论	討論（とうろん）する
看法	見方（みかた）
讲述	述（の）べる

字母发音表

日语的字母称为假名，它是利用汉字创造出来的。现代日语书写一般采用汉字和假名混用的方式。日语假名有两种字体，即平假名和片假名。平假名来源于汉字的草书，片假名是利用汉字楷书的偏旁冠盖创造出来的。日语一般采用平假名书写，外来语和某种特殊的场合用片假名书写。

日语假名共有71个，每个假名代表一个音节(拔音"ん"除外)，所以假名属于音节字母。日语假名习惯上分为清音、浊音和半浊音三大类。清音的假名按一定发音规律排列成表叫清音表，又称为"五十音图"。

I 清音表、浊音表、半浊音表

平假名	片假名	罗马字	国际音标	平假名	片假名	罗马字	国际音标	平假名	片假名	罗马字	国际音标	平假名	片假名	罗马字	国际音标	平假名	片假名	罗马字	国际音标
あ	ア	a	[a]	い	イ	i	[i]	う	ウ	u	[u]	え	エ	e	[e]	お	オ	o	[o]
か	カ	ka	[ka]	き	キ	ki	[ki]	く	ク	ku	[ku]	け	ケ	ke	[ke]	こ	コ	ko	[ko]
さ	サ	sa	[sa]	し	シ	shi	[ʃi]	す	ス	su	[su]	せ	セ	se	[se]	そ	ソ	so	[so]
た	タ	ta	[ta]	ち	チ	chi	[tʃi]	つ	ツ	tsu	[tsu]	て	テ	te	[te]	と	ト	to	[to]
な	ナ	na	[na]	に	ニ	ni	[ni]	ぬ	ヌ	nu	[nu]	ね	ネ	ne	[ne]	の	ノ	no	[no]
は	ハ	ha	[ha]	ひ	ヒ	hi	[çi]	ふ	フ	fu	[fu]	へ	ヘ	he	[he]	ほ	ホ	ho	[ho]
ま	マ	ma	[ma]	み	ミ	mi	[mi]	む	ム	mu	[mu]	め	メ	me	[me]	も	モ	mo	[mo]
や	ヤ	ya	[ja]					ゆ	ユ	yu	[ju]					よ	ヨ	yo	[jo]
ら	ラ	ra	[ra]	り	リ	ri	[ri]	る	ル	ru	[ru]	れ	レ	re	[re]	ろ	ロ	ro	[ro]
わ	ワ	wa	[wa]	を	ヲ	o	[o]	ん	ン	n	[u]								

说明:

1. 表中以平假名、片假名、罗马字、国际音标顺序排

列，其中罗马字表示假名用罗马字的缀写法，国际音标表示假名的发音。

2. 表的横向称"行"，每行五个假名，共十行。纵向称"段"，每段十个假名，共五段。每行每段均以第一个字母命名。あ行假名代表五个元音，其它各行基本上表示辅音与这五个元音分别拼合而成的音节。

3. "や"行五个假名中"い"、"え"与"あ"行的"い"、"え"重复。其余三个假名"や"、"ゆ"、"よ"分别由元音"い"和"あ"、"う"、"お"复合而成，因此称为"复元音"。

4. 五十音图中，"い"、"え"各出现三次，"う"出现两次，所以实际只有四十五个清音假名。わ行的"を"和あ行的"お"同音。拔音"ん"不属于清音，但习惯上列入清音表。

5. 助词"は"发音为"わ"，助词"へ"发音为"え"。

6. 五十音图对学习日语语音、掌握动词变化及查询辞典等都很重要，必须按"行"，"段"背熟。

平假名	片假名	罗马字	国际音标	平假名	片假名	罗马字	国际音标	平假名	片假名	罗马字	国际音标	平假名	片假名	罗马字	国际音标	平假名	片假名	罗马字	国际音标
が	ガ	ga	[ga]	ぎ	ギ	gi	[gi]	ぐ	グ	gu	[gu]	げ	ゲ	ge	[ge]	ご	ゴ	go	[go]
ざ	ザ	za	[za]	じ	ジ	ji	[dʒi]	ず	ズ	zu	[dzu]	ぜ	ゼ	ze	[ze]	ぞ	ゾ	zo	[zo]
だ	ダ	da	[da]	ぢ	ヂ		[dʒi]	づ	ヅ		[dzu]	で	デ	de	[de]	ど	ド	do	[do]
ば	バ	ba	[ba]	び	ビ	bi	[bi]	ぶ	ブ	bu	[bu]	べ	ベ	be	[be]	ぼ	ボ	bo	[bo]
ぱ	パ	pa	[pa]	ぴ	ピ	pi	[pi]	ぷ	プ	pu	[pu]	ぺ	ペ	pe	[pe]	ぽ	ポ	po	[po]

说明：

　　浊音假名在か、さ、た、は四行假名的右上方加浊音符号"゛"表示，如"が"。其中ざ行的"じ"、

"ず"分别与だ行的"ぢ"、"づ"同音,现在"ぢ"、"づ"极少见。

半浊音只有五个,在は行假名的右上方加半浊音符号"ﾟ"表示,如"ぱ"。

II 长音

日语的音节有短音节和长音节的区别,长音的长度约为短音的一倍,短音为一拍,长音为二拍。长音标记的规则如下:

规 则	词 例
あ段假名＋あ	おかあさん
い段假名＋い	おにいさん
う段假名＋う	つうやく
え段假名＋え或い	おねえさん、せんせい
お段假名＋う或お	おとうさん、おおきい
外来语	タクシー

III 拗音和拗长音

1. 由い段假名和复元音"や"、"ゅ"、"ょ"组合而成的音节叫拗音。拗音的标记用い段假名后面加小写的"ゃ"、"ゅ"、"ょ"表示,独占一格。外来语一律在拗音后面加"ー"表示。
2. 将拗音延长一拍念成长音就是拗长音。

平假名 罗马字	片假名 [国际音标]	平假名 罗马字	片假名 [国际音标]	平假名 罗马字	片假名 [国际音标]
きゃ **kya**	キャ [kja]	きゅ **kyu**	キュ [kju]	きょ **kyo**	キョ [kjo]
ぎゃ **gya**	ギャ [gja]	ぎゅ **gyu**	ギュ [gju]	ぎょ **gyo**	ギョ [gjo]
ひゃ **hya**	ヒャ [ça]	ひゅ **hyu**	ヒュ [çu]	ひょ **hyo**	ヒョ [ço]
びゃ **bya**	ビャ [bja]	びゅ **byu**	ビュ [bju]	びょ **byo**	ビョ [bjo]
ぴゃ **pya**	ピャ [pja]	ぴゅ **pyu**	ピュ [pju]	ぴょ **pyo**	ピョ [pjo]
にゃ **nya**	ニャ [ɲa]	にゅ **nyu**	ニュ [ɲu]	にょ **nyo**	ニョ [ɲo]
りゃ **rya**	リャ [rja]	りゅ **ryu**	リュ [rju]	りょ **ryo**	リョ [rjo]
しゃ **sha**	シャ [ʃa]	しゅ **shu**	シュ [ʃu]	しょ **sho**	ショ [ʃo]
じゃ **ja**	ジャ [dza]	じゅ **ju**	ジュ [dzu]	じょ **jo**	ジョ [dzo]
ちゃ **cha**	チャ [tʃa]	ちゅ **chu**	チュ [tʃu]	ちょ **cho**	チョ [tʃo]

Ⅳ 促音

日语语音中的一种顿挫的音节，即发完一个音节后，憋住呼气，停顿一拍后气流爆破而出，这种顿挫的音节称为促音。促音一般发生在か行、さ行、た行和わ行假名之前，用小写的"っ"或"ッ"表示，独占一格。例"がっこう"（学校）、"スイッチ"（开关）。

"世图英语直通车"开通啦!

您想以更优惠的价格买到自己喜欢的图书吗?您想得到更多适合自己的图书资讯吗?现在就行动吧,加入"世图英语直通车",足不出户即可享受上述优惠。

在申请加入之前,请您仔细阅读以下内容

会员权益

· 会员向上海世界图书出版公司购买上海世图版图书,享受 8 折优惠,为期两年。期满后可免费延长会员资格。

· 将免费获得我们为您量身制作的会员图书资讯。

会员义务

· 真正零义务,您无须承担额外的会员义务

如何入会和享受优惠

· 您只要填妥下面的"入会申请单",连同"读者回函卡"一起寄给我们,您就成为"世图英语直通车"的会员。

· 我们在收到您的"入会申请单"和"读者回函卡"后,将您专属的会员号邮寄至您府上。

· 凭会员号,您就可享受优惠了:邮购会员在汇款单附言栏中填上会员号;上门购买的会员请带好我们寄给您的会员号。

入会申请单(请仔细填写)

> 我愿意加入"世图英语直通车",入会后,我将获得专属会员号,凭会员号向上海世界图书出版公司购买本版图书,享受 8 折优惠
>
> 姓名:_____　　　性别:□男　　　□女
> 常用电话:_____　E-mail:_____
> 详细通讯地址:_____　邮编:_____
> 年龄:□16 岁以下　　□16–25 岁　　□26–30 岁
> 　　　□31–40 岁　　□41–50 岁　　□50 岁以上
> 学历:□中学　　　　□专科　　　　□本科
> 　　　□硕士　　　　□博士
> 职业:□金融业　□服务业　　□制造业　　□传播业
> 　　　□教育　　□信息产业　□医疗保健　□政府机构
> 　　　□学生　　□自由职业　□其他 _____

请将"入会申请单""读者回函卡"邮往:

邮寄地址:上海市尚文路 185 号 B 座 1603 室　邮政编码:200010
收件单位:世图英语直通车　　　　　联系电话:(021) 63783016
E-MAIL:club@mail.wpcsh.com　　　公司网址:www.wpcsh.com.cn

读者回函卡

感谢您购买本书！请您详细填写本卡寄回给我们，我们将根据您的意见出版更好的图书，为您提供更丰富的资讯！

您从何处得知本书的消息?
☐逛书店　　　　☐报章网络广告　　　☐报刊书评介绍
☐亲友推荐　　　☐其他 _____

您从何处购得本书:
☐新华书店　　　☐民营书店　　　☐网上书店　　　☐邮购
☐其他 _____

购买动机
☐内容　　　　　☐作者　　　　　☐封面　　　　　☐探讨主题
☐其他 _____

看完本书后，请对下列各项给予意见:

	很满意	满意	不满意
封面装帧	☐	☐	☐
内页印刷	☐	☐	☐
正文版式	☐	☐	☐
内容	☐	☐	☐
定价	☐	☐	☐

您对本书的整体满意度及您认为需要加强的部分:

您希望我公司增加何种服务?

您是否曾购买本公司的其他书籍?
☐是 _____　　　　　　　☐否

您对哪类书比较感兴趣?
☐外语学习　　　☐文学小说　　　☐生活休闲
☐音乐　　　　　☐医学保健　　　☐经济金融
☐儿童教育　　　☐工具书　　　　☐其他

请将 "入会申请单" "读者回函卡" 邮往:
邮寄地址：上海市尚文路 185 号 B 座 1603 室　　邮政编码：200010
收件单位：世图英语直通车　　　　　联系电话：（021）63783016
E-MAIL：club@mail.wpcsh.com　　公司网址：www.wpcsh.com.cn